Las travesí de Tomás
y otros cuentos

Basados en *The Railway Series* por el Rev. W. Awdry

Traducción de Paola Bedarida Saunders
Fotografías de Kenny McArthur, David Mitton, y Terry Permane para la producción
televisada de *Thomas the Tank Engine and Friends* por Britt Allcroft

A Random House PICTUREBACK®

Random House New York

Thomas the Tank Engine & Friends **A BRITT ALLCROFT COMPANY PRODUCTION** Based on The Railway Series by the Rev W Awdry. Copyright © Gullane (Thomas) LLC 1994. All rights reserved under International and Pan-American Copyright Conventions. Published in the United States by Random House, Inc., New York, and simultaneously in Canada by Random House of Canada Limited, Toronto. Originally published in English in Great Britain by William Heinemann Ltd. in 1989. *Library of Congress Cataloging-in-Publication Data:* Thomas gets tricked and other stories. Spanish. Las Travesuras de Tomás y otros cuentos / traducción de Paola Bedarida Saunders; fotografías de Kenny McArthur, David Mitton y Terry Permane para la producción televisada de Thomas the tank engine and friends por Britt Allcroft. p. cm. —(A Random House pictureback) "Basados en The Railway series por el Rev. W. Awdry." SUMMARY: Thomas the Tank Engine learns not to tease the big engines and pulls his first passenger train. ISBN 0-679-85391-X [1. Railroads—Trains—Fiction. 2. Spanish language materials.] I. Bedarida Saunders, Paola. II. McArthur, Kenny, ill. III. Mitton, David, ill. IV. Permane, Terry, ill. V. Awdry, W. Railway series. VI. Thomas the tank engine and friends. VII. Title. PZ73.T45 1994 93-35948

www.randomhouse.com/kids   www.thomasthetankengine.com

RANDOM HOUSE and colophon are registered trademarks of Random House, Inc.   Manufactured in the United States of America   10 9 8 7 6 5 4 3 2

Las travesuras de Tomás

Tomás es una locomotora-ténder cuya casa es una gran estación de ferrocarril en la Isla de Sodor.

Es una pequeña locomotora muy traviesa con seis ruedas, una chimenea baja y rechoncha, una caldera baja y rechoncha y una cúpula baja y rechoncha.

Es también una locomotora muy concienzuda. Coloca a los vagones en sus puestos para que puedan hacer largos viajes. Y cuando los trenes llegan a la estación, pone los vagones vacíos a un lado para que las grandes locomotoras puedan descansar.

Tomás cree que no hay nadie que trabaje tanto como él. Le gusta hacer trampas a las otras locomotoras, incluso a Gordon, que es la más grande y orgullosa de todas. A Tomás le gusta también fastidiar a Gordon con su silbato.

—¡Despiértate, perezoso! ¿Por qué no trabajas tanto como yo?

Un día, después de haber remolcado el rápido,
Gordon volvió muy cansado al apartadero. Estaba a
punto de dormirse cuando llegó Tomás.

—¡Despiértate, perezoso! ¡Trabaja un poco, para
variar! ¡No puedes alcanzarme!

Y Tomás se fue riendo. En vez de dormirse otra vez,
Gordon pensó cómo podría desquitarse de Tomás.

Un día, el maquinista y el fogonero de Tomás no
podían ponerlo en marcha. El fuego se había apagado y
no había bastante vapor. Casi era la hora de la salida del
rápido. Los pasajeros esperaban y esperaban.

Por fin Tomás se puso en marcha.

—¡Ay de mí! ¡Ay de mí! —bostezó. Entró lentamente
en la estación donde Gordon estaba esperándolo.

—¡Date prisa! —exclamó Gordon.

—¡Y tú también! —contestó Tomás.

El orgulloso de Gordon empezó a planear cómo darle una
lección. Un poco antes de que los vagones dejaran de moverse,
Gordon puso marcha atrás y se acopló al tren.

—¡Apúrense por favor! —dijo con su silbido.

Generalmente Tomás empujaba los grandes trenes por detrás
para ayudarles a ponerse en marcha. Pero siempre lo separaban
antes de la salida del tren.

Esta vez Gordon se puso en marcha tan rápido que se olvidaron
de desacoplar a Tomás. ¡La oportunidad de Gordon había llegado!

Y echando bocanadas de humo, Gordon gritó a los vagones:
—¡Vamos, vamos!

El tren avanzaba más y más rápido —demasiado rápido para Tomás. Quiso parar pero no pudo. Pidió y pidió a Gordon:

—¡Chu! ¡Chu! ¡Párate! ¡Párate!

—¡De prisa, de prisa! —gritó Gordon riéndose.

—¡No te puedes escapar! ¡No te puedes escapar!
—repitieron los vagones.

El pobre Tomás iba tan de prisa que casi se quedó sin aliento. Sus ruedas le dolían, pero tenía que seguir adelante. "Nunca más seré el mismo", pensó tristemente. "Mis ruedas van a quedarse muy gastadas."

Finalmente pararon
en una estación.
Desacoplaron a Tomás,
que se sentía muy tonto
y muy cansado.

Después se dirigió a una placa giratoria pensando
que todos se burlaban de él, y entonces se encaminó
a un apartadero cercano.

—Oye, pequeño Tomás —dijo Gordon con una risita—, ahora sabes lo que es trabajar duro, ¿verdad?

El pobre Tomás no podía contestarle. No tenía más aliento. Lo único que hizo fue resoplar lentamente y beber y beber agua.

"Quizás no tenga que burlarme de Gordon para sentirme importante", pensó Tomás para sí. Y lentamente regresó a casa.

¡Enrique, sal!

Una vez, una locomotora que tiraba de un tren tuvo miedo a unas gotas de lluvia. Se metió en un túnel y no quería volver a salir.

La locomotora se llamaba Enrique. Su maquinista y su fogonero le suplicaron que saliera pero Enrique no quiso moverse.

—La lluvia va a estropear mi bonita pintura verde y mis rayas rojas —dijo.

El conductor sopló su silbato hasta que no tuvo más aliento e hizo señales con la bandera hasta que le dolían los brazos. Pero lo único que Enrique hizo fue soplarle vapor.

—¡No voy a estropear mi bonita pintura verde y mis rayas rojas por ti! —exclamó Enrique.

Entonces llegó el señor Topham Hatt, el jefe de todas las locomotoras en la Isla de Sodor.

—Vamos a sacarte de allí —dijo el señor Topham Hatt. Pero Enrique no hizo más que soplarle vapor a él también.

Todos tiraron de Enrique menos el señor Topham Hatt.

—Es porque —dijo él—, el médico me ha prohibido tirar.

Pero Enrique continuó en el túnel.

Entonces intentaron empujarlo por detrás. El señor Topham Hatt gritó:

—¡Uno, dos, tres, empujen!

Pero no ayudó.

Empujaron y empujaron sin éxito. Enrique aún se quedó en el túnel.

Todo el mundo intentó persuadir a Enrique:

—Mira, ya paró de llover.

—Sí, pero pronto va a empezar de nuevo —dijo Enrique—. Y entonces, ¿qué va a pasar con mi pintura verde y mis rayas rojas?

Finalmente llegó Tomás. El ferroviario agitó su bandera roja y lo hizo parar.

Tomás sopló y empujó con todas sus fuerzas. Pero Enrique aún se quedó en el túnel.

Hasta el señor Topham Hatt se dio por vencido.

—Vamos a dejarte aquí hasta que estés listo para salir del túnel —dijo.

Quitaron los viejos rieles y construyeron un muro enfrente de Enrique de manera que las otras locomotoras no chocaran contra él. Lo único que Enrique podía hacer era mirar los trenes que pasaban rápidamente a través del túnel de al lado. Estaba muy triste porque pensaba que nadie nunca volvería a ver su bonita pintura verde con las rayas rojas.

Eduardo y Gordon pasaban por allí a menudo.

—¡Chu, chu, hola! —saludaba Eduardo.

Y Gordon gruñía:

—¡Tut, tut, tut. Bien te lo mereces!

Pero al pobre Enrique le faltaba vapor para contestar. Su fogón se había apagado. El hollín y el polvo habían ensuciado su bonita pintura verde y las rayas rojas.

¿Cuánto tiempo crees tú que Enrique se va a quedar en el túnel? ¿Y cuándo se le quitará el miedo a la lluvia y por fin decidirá salir de viaje?

Enrique al socorro

Gordon estaba orgulloso de ser la única locomotora bastante fuerte para tirar del gran rápido. El tren estaba lleno de personajes importantes como el señor Topham Hatt, y Gordon estaba comprobando lo rápido que podía correr.

—De prisa, de prisa —dijo él.

—Traque-tán, traque-tán, traque-tán —respondieron los vagones.

Muy pronto Gordon vería el túnel donde Enrique se había quedado emparedado, solo y triste.

"¿Por qué me preocupaba tanto de que la lluvia estropeara mi bonita capa de pintura? Me gustaría salir de este túnel", pensó Enrique.

—Voy a saludar "tut-tut" cuando vea a Enrique —dijo Gordon. Casi había llegado cuando —*Uiiiiiiiishsh*— y el orgulloso de Gordon empezó a ir cada vez más despacio. El maquinista paró el tren.

—¡Caramba! ¿Qué pasó? —se preguntó Gordon—.
Me siento tan débil.

—Has reventado tu válvula de seguridad —dijo el
maquinista—. Ya no puedes tirar del tren.

—¡Ay de mí! Estábamos viajando tan bien. Y mira,
allí está Enrique riéndose de mí.

Todo el mundo vino a ver a Gordon.

—¡Uf! —dijo el señor Topham Hatt—. Estas grandes
locomotoras siempre me dan disgustos. ¡Pida otra
locomotora inmediatamente! —dijo al maquinista.

Mientras el maquinista fue a buscarla, se desacopló a Gordon que todavía tenía suficiente aliento para deslizarse en el apartadero más cercano.

Eduardo era la única locomotora que quedaba.
—Voy a intentarlo —dijo.
—¡Bah! Eduardo no puede empujar el tren —dijo Gordon.
El amable de Eduardo sopló y empujó, empujó y sopló, pero no logró mover los pesados vagones.

—¿Por qué no dejamos intentar a Enrique? —dijo Gordon.

—Enrique, ¿puedes ayudar a tirar de este tren? —preguntó el señor Topham Hatt.

—Pues, sí —dijo Enrique.

Después de haber acumulado bastante vapor, Enrique resopló. Estaba sucio y todo cubierto de telarañas.

—¡Ay de mí! Tengo dolores por todas partes —gimió.

—Corre un rato para aliviarlos y encuentra una placa giratoria —dijo el señor Topham Hatt.

Cuando Enrique regresó,
se sentía mucho mejor.
Entonces lo acoplaron.

—Chu-chu —anunció Eduardo—. Estoy listo.
—Chu-chu-chu, yo también —dijo Enrique.
—¡Tira fuerte, que lo haremos! ¡Tira fuerte,
que lo haremos!
Y resoplaron juntos.

—¡Lo hicimos juntos! ¡Lo hicimos juntos! —exclamaron a la vez Eduardo y Enrique.

—¡Hurra, hurra, bien hecho! —respondieron los vagones. Todos estaban muy contentos. El señor Topham Hatt se asomó a la ventanilla para saludar a Eduardo y a Enrique. El tren iba tan rápido que el viento se llevó su sombrero a un campo donde una cabra lo comió. No pararon hasta que llegaron a la última estación.

Todos los pasajeros dijeron "Muchas gracias", y el señor Topham Hatt prometió a Enrique una nueva capa de pintura.

De regreso a casa, Eduardo y Enrique acompañaron a Gordon al depósito. Ahora los tres son muy buenos amigos.

A Enrique ya no le molesta más la lluvia. El sabe que la mejor manera de preservar su pintura es pedir al maquinista que lo lave bien después de un día de trabajo.

Un gran dia para Tomás

Tomás, la locomotora-ténder, se quejaba a las demás:

—Paso todo el tiempo remolcando vagones de un lugar a otro para que estén listos para ustedes. ¿Por qué no puedo yo también tirar de los trenes de pasajeros?

Las otras locomotoras se rieron.

—Eres muy impaciente —contestaron—. Sin duda te olvidarías de algo.

—¡Qué va! Ya lo verán —dijo Tomás.

Una noche Tomás y Enrique estaban solos. Enrique
estaba enfermo. Los mecánicos trataron de repararlo,
pero él no se mejoró.

A la mañana siguiente se seguía sintiendo mal.
Generalmente Enrique tiraba del primer tren y
Tomás tenía que alistar sus vagones. "Si Enrique está
enfermo, quizás yo podría remolcar su tren", pensó él.

Tomás corrió a buscar los vagones.

—¡Síganme, síganme! —les dijo.

—Tenemos tiempo. Tenemos tiempo —contestaron irritados.

Tomás los llevó al andén y enseguida quiso correr delante de ellos.

Pero su maquinista no le permitió hacerlo y le dijo:

—No seas tan impaciente, Tomás.

Los pasajeros subieron al tren. El conductor y el jefe de estación anduvieron de un lado a otro. El mozo de estación cerró las puertas y Enrique aún no llegaba.

Tomás se puso más y más agitado.

El señor Topham Hatt vino a ver lo que pasaba.

—Busquen otra locomotora —ordenó.

—Sólo queda Tomás —dijeron el conductor y el jefe de estación.

—Pues Tomás, eres tú el que tiene que hacerlo. ¡Date prisa!

En seguida Tomás corrió al frente de los vagones que estaban listos. Puso marcha atrás para acoplarse y salir.

—Hay que tener paciencia —dijo su maquinista—. Vamos a esperar hasta que todo esté listo.

Pero Tomás estaba demasiado emocionado para prestar atención.

Nadie sabe lo que pasó entonces. Quizás se olvidaron de acoplar a Tomás al tren o quizás el maquinista tiró de la palanca sin querer. De todos modos, Tomás partió sin sus vagones.

Al pasar la primera garita de señales, unos hombres agitaron las manos y gritaron. Pero Tomás no se paró.

"Están saludándome porque soy una magnífica locomotora", pensó con orgullo. "Enrique siempre dice que es difícil tirar de los trenes, pero a mí me parece muy fácil".

—Apúrate, apúrate —resopló imitando a Gordon.

—La gente nunca me ha visto remolcar un tren. ¡Qué amables son todos en saludarme! Chu-chu, gracias, gracias —pitó.

Por fin llegó a una señal que decía "PELIGRO".
"¡Caramba!" pensó. "Tengo que pararme. ¡Qué
molestia son las señales!"
—¡Tut-tut-tut-tut! —protestó Tomás.

El guardavía corrió a encontrarlo.

—¡Hola, Tomás! ¿Que estás haciendo aquí? —le preguntó.

—Estoy remolcando un tren —dijo Tomás—. ¿No lo ves?

—Pero, ¿dónde están tus coches?

Tomás miró hacia atrás.

—¡Ay de mí! —dijo—. Los he dejado datrás.

Tomás estaba tan triste que por poco se larga a llorar.

—¡Animo! —dijo su maquinista—. Regresemos de prisa e intentemos otra vez.

En la estación, todos los pasajeros estaban quejándose y diciéndole al señor Topham Hatt qué mala que era esa compañía de trenes. Pero cuando Tomás regresó y vieron lo triste que estaba, cambiaron de humor.

Acoplaron a Tomás al tren, y esta vez de veras él lo remolcó.

Después de eso, las otras locomotoras se reían:
—¡Mira! —decían—. Allí va Tomás, el que quiso tirar de un tren y se olvidó de los vagones.
Pero Tomás ya había aprendido a no cometer nunca más el mismo error.